PLANTAS QUE NUNCA FLORECEN

A
Don y Mary MacKinnon,
por enriquecer mi vida

Mi gratitud al
doctor Glenn Keator,
director de Educación de la
Sociedad Stribing Arboretum, en
San Francisco, California, y a la
Biblioteca de Horticultura
"Helen Crocker Russel"

PLANTAS QUE NUNCA FLORECEN

Título original en inglés: *Plants that Never Ever Bloom*

Traducción: Ivonne Murillo,
      de la edición de
      Grosset & Dunlap, Nueva York, 1984.

© 1984, Ruth Heller

D.R. © 1990 por EDITORIAL GRIJALBO, S. A.
    Calz. San Bartolo Naucalpan núm. 282
    Argentina Poniente 11230
    Miguel Hidalgo, México, D. F.

PRIMERA EDICIÓN

ISBN 968-419-960-0

IMPRESO EN MÉXICO

PLANTAS QUE NUNCA FLORECEN

Ruth Heller

grijalbo

Un hongo
nunca florece.

Crece
en los árboles,
las hojas
y en todas partes...

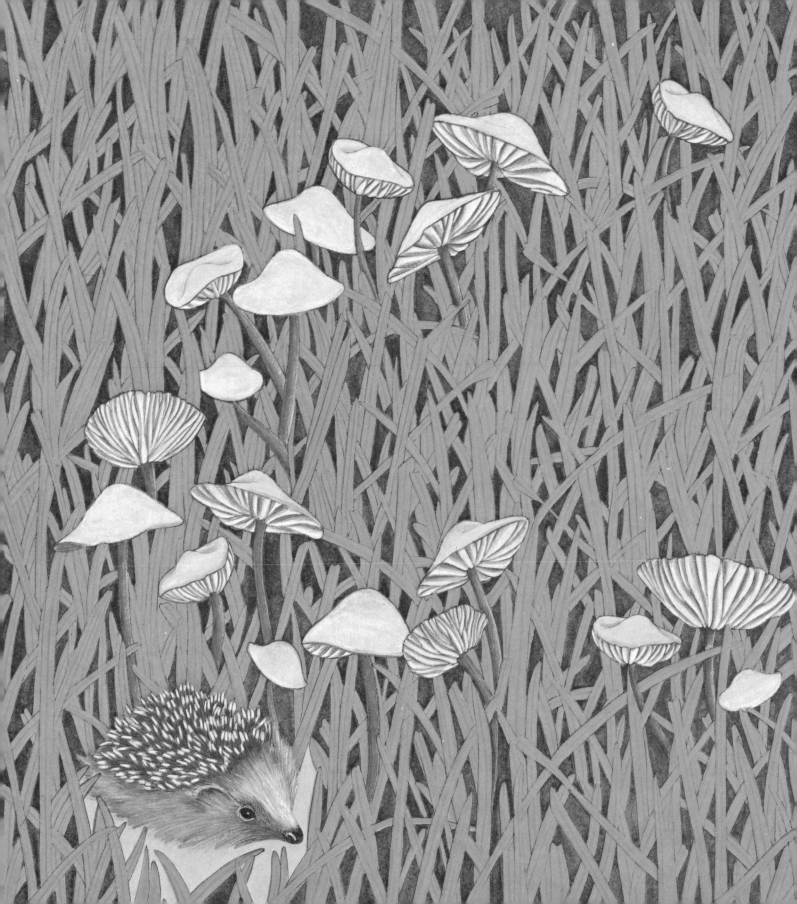

o en el pasto,
formando
hermosos anillos.

Algunos parecen ser...

tan altos
como éstos que aquí ves.

Otros
te
parecerán
muy extraños.

Algunos brillan de
noche,
y no sabemos por qué.

A los HONGOS
los hombres
de ciencia
les llaman
FUNGI.

Las ALGAS MARINAS
nunca florecen.

Algunas
son
verdes
y
a menudo
las ves
cerca
de la
playa,

pero
hay
muchas
más . . .

en las oscuras
profundidades
del mar.

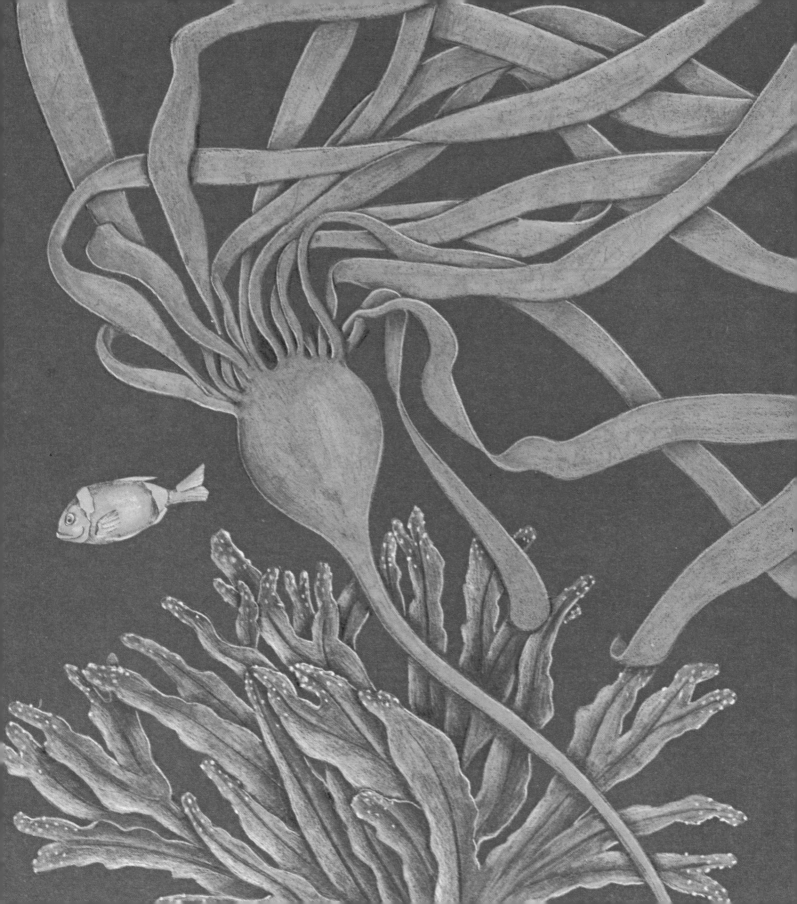

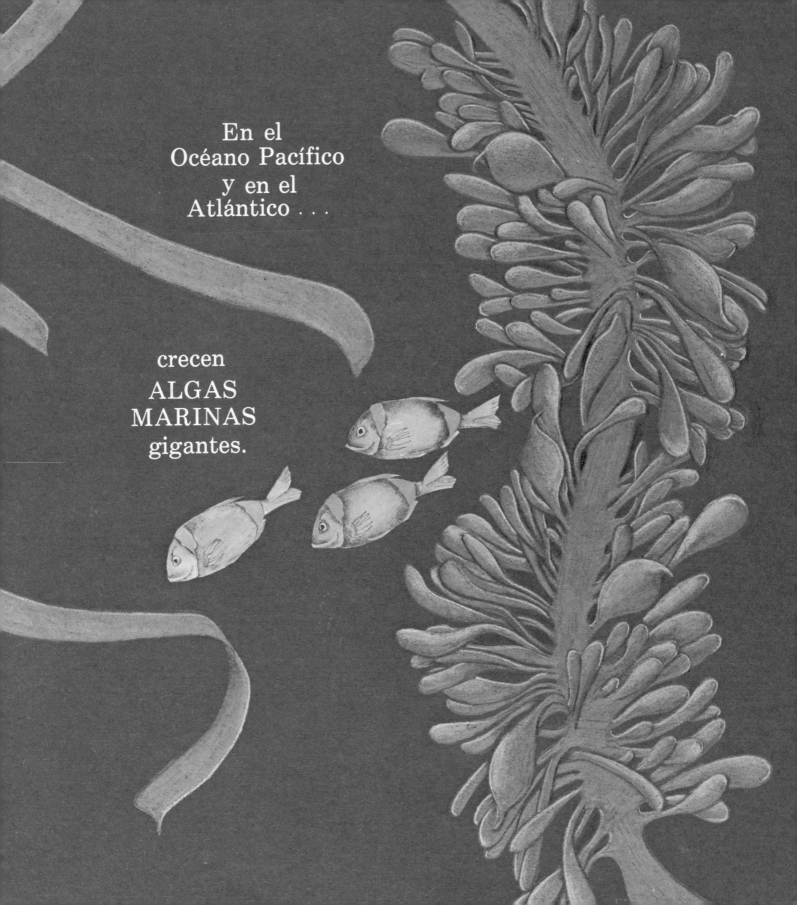

En el
Océano Pacífico
y en el
Atlántico . . .

crecen
ALGAS
MARINAS
gigantes.

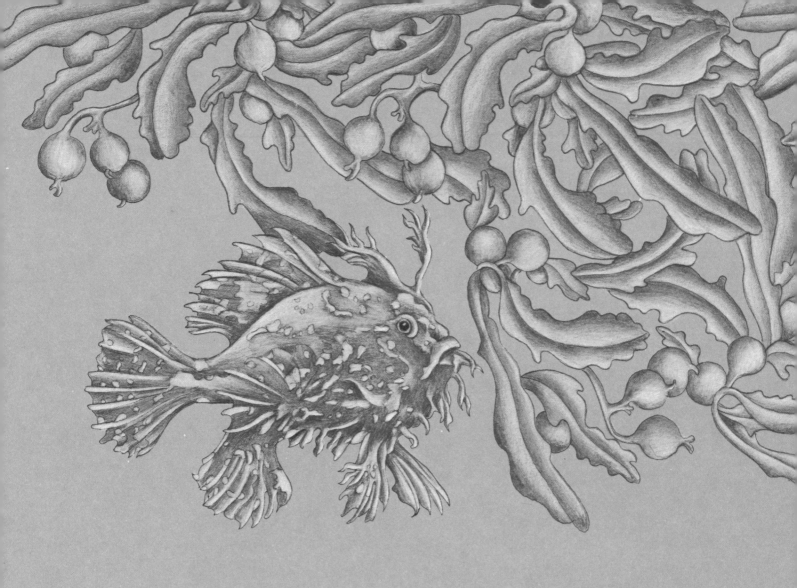

En este montón de algas
que flota libre en el
Mar de los Sargazos
se esconden raras criaturas...

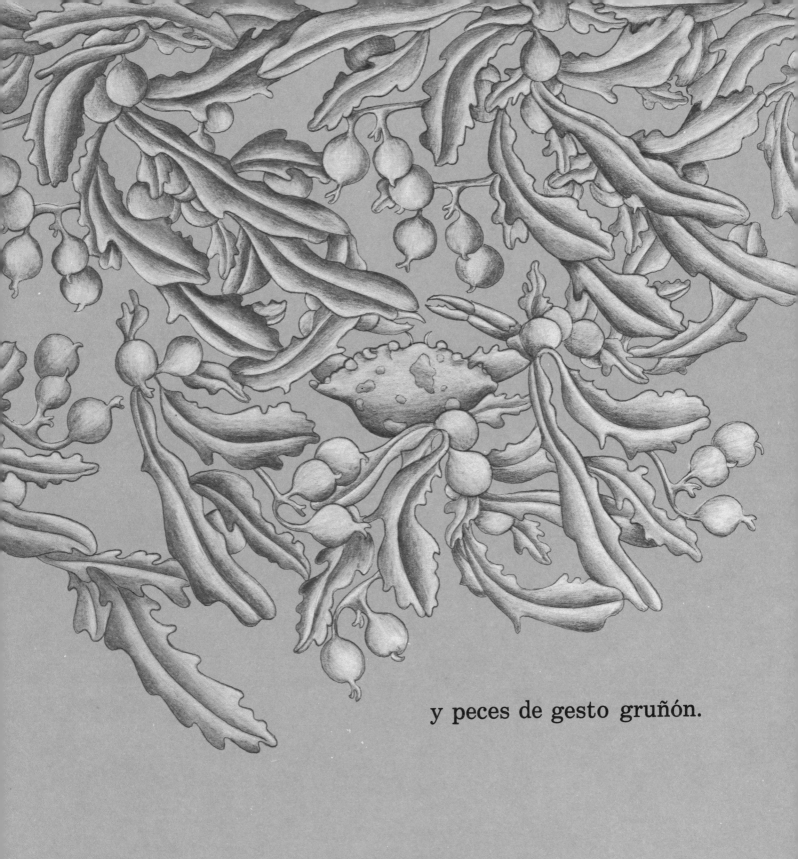

y peces de gesto gruñón.

En el fondo
del mar las
ALGAS
MARINAS
son
rosas
y
rojas.

Ya lo sabes,
no importa
el color de
estas plantas marinas:
siempre se llaman ALGAS.

Los LÍQUENES nunca
florecen.
Viven en los troncos
de los árboles,
en las rocas

y a
veces
crecen
sobre
pequeños
tallos.

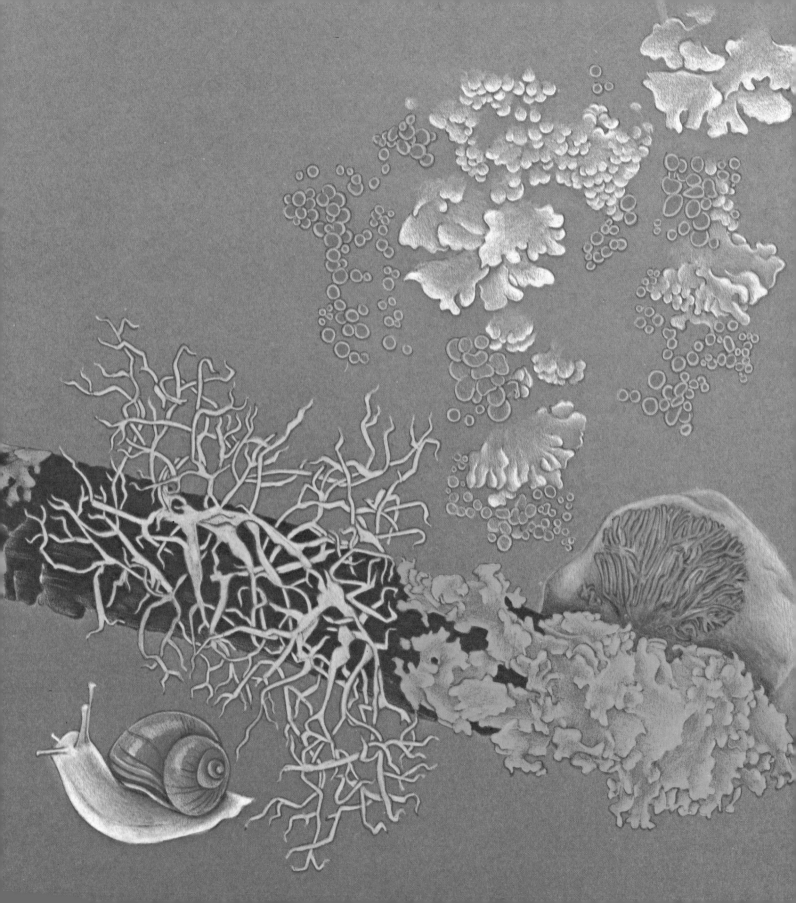

Ni en el abundante
MUSGO

que
cubre
los árboles. . .

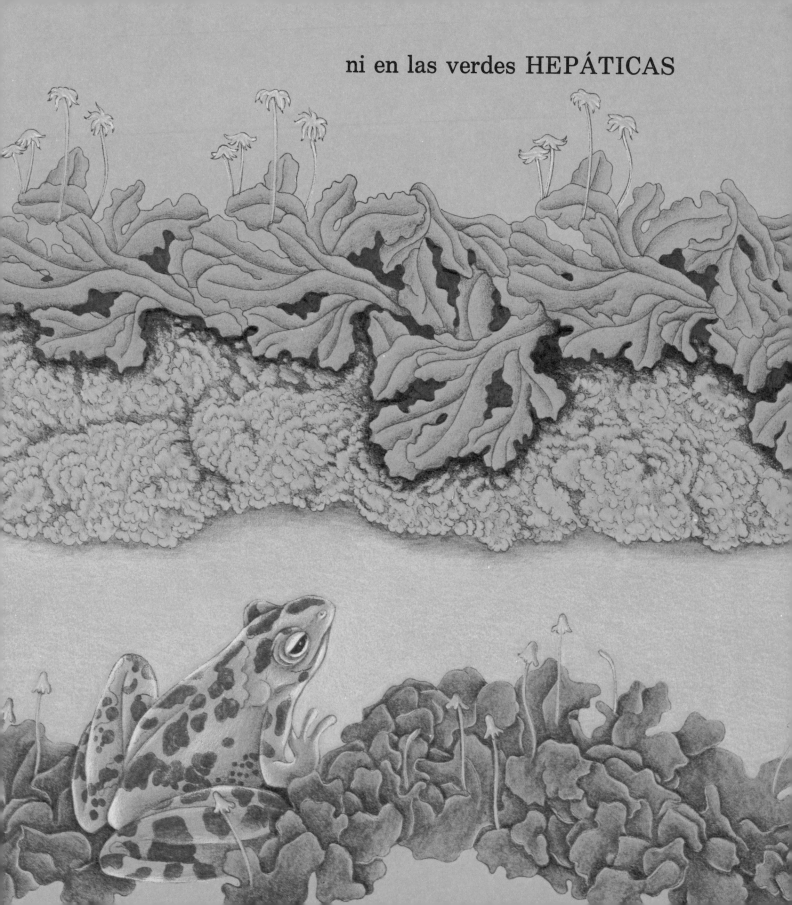

ni en las verdes HEPÁTICAS

que crecen junto al arroyo
encontrarás
flores que admirar.

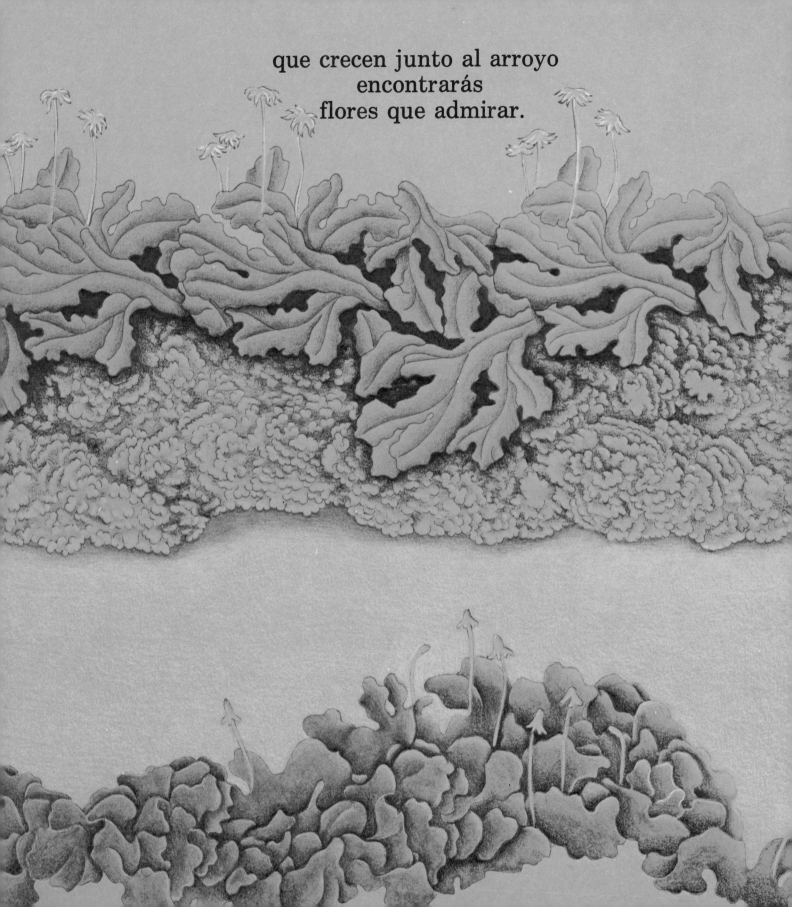

Los HELECHOS...

desenrollan,
como ves,
sus hojas.

Sus
primas
son
las
COLAS
DE CABALLO,

que
crecen
siempre
verdes,

pero en ninguna
aparecerán las flores.

Hace doscientos millones de
años
los HELECHOS
eran pequeñitos,
y sus primas
las COLAS DE CABALLO
crecieron
muy, muy alto.

Ninguno
tiene
flores,
ni tampoco
semillas,

pero sí tienen
ESPORAS
para poder
crecer.

Como en toda regla,
aquí hay algunas excepciones.

Igual
que las
plantas
anteriores,
éstas
nunca
florecen,
pero
crecen
de una
semilla.

Una
se
llama
GINGO
y crece
en China
y Japón.

La otra es
el TEJO.

Todas
las
plantas
que
tienen
piñas

son
también
excepciones.

Los hombres
de ciencia
llaman
a todas
estas plantas
GIM-NOS-PER-MAS
y dejan ver
sus semillas.

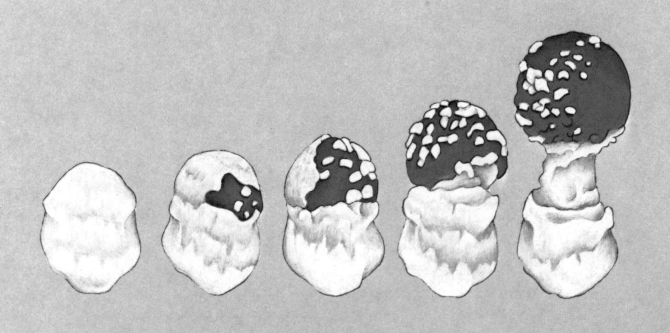

Esta obra se terminó de imprimir
en enero de 1995 en
Ingramex, S.A.
Centeno 162
México, D.F.

La edición consta de 2,000 ejemplares